KB067878

꿈꾸는 청년

꿈꾸는 청년

청농 김재길 시집

㈜이화문화출판사

시인의 말

나이 칠십에도
새로운 도전을 꿈꾸는
꿈틀대는 가슴은
여전히 청년의 심장인데
어느새 뉘엿뉘엿 해가
서산을 향하고 있구나!
창에 비쳐 드리우는 석양빛이
이제 결실을 헤아려 보라며
마음을 건들면 남의 일인 듯
무관심도 해 보고 반항도 해 보지만
그러나 소중한 시간은 덧없이
잘도 지나간다.

인내와 기다림 없이는 새벽을 맞이할 수
없다는 말을 마음에 새기며
한평생 하늘의 메시지를 문자조형예술로
작품화하며 한길을 걸어왔다.
땀 흘려 만든 작품들은 지금 어디에 있을까?
지친 영혼, 방황하는 이들이

작품을 통해 힘을 얻는 모습을 그리며
빙그레 미소도 짓곤 한다.
그렇게 먼 길을 숨 가쁘게 매진해 왔는데!!

느지막에 어렸을 때부터 동경해 왔던
시의 세계에 등단하여 그동안 그려 놓은
자랑할 것 없는 시들을 세상에 내어 놓으려니
마치 맨몸을 보이는 듯 부끄러움이 앞선다.
시는 어머니의 품 같은 마음의 고향.
목마른 이에게 청량수가 되어야 할 텐데
부족함이 많다.
무엇보다 바라기는 꿈을 잃어버리고 열정이
식어버린 현실을 도전하고 늘 꿈꾸는 청년으로
삶의 태도를 바꾸면 분명히 행복이 곁에 찾아오리라
확신하며 소망의 날개 짓을 한다.

가장 아름다운 날들은 아직 살지 않은 듯이!!

2018. 11

해룡산 자락 공방에서

청농 김 재 길

차 례

2부 추억

3부 가장 귀한 선물

4부 꿈꾸는 청년

5부 부록

시 평

여호와를 앙망하는 자는
새 힘을 얻으리니 사 40:31

1부

향연(饗宴)

봄 나무

남은 것 하나 없이
벌거벗은 몸으로
긴긴 겨울 애처로이 서서
오돌 오돌 떨던 나무들
따스한 기운이 적시니
온 산야 경사 났다

첫날밤 맞은 신랑 신부 구경하느라
봉창에 구멍 뚫고 처녀 총각들
연홍빛으로 달아오른 상기된 얼굴마냥

가지마다 틈사이 비지고
형형색색 세상 구경 나오는
그네들 모습 보니
철 지난 이내 가슴 때간 줄도 모르고
덩달아 설레인다

조약돌

수 십리 계곡을 구르며
이리 씻기고 저리 깎여
예쁜 모양을 하고
약속이나 한 듯
따뜻한 햇살 아래서
옹기종기 모여
얘기꽃이 한창이다
서로서로 닮았다고
웃어대고
고향 이야기
세상 이야기 나누며
시간 가는 줄 모른다
무슨 사연이 그리도 많은지
어찌 저리도 다정할까
물속에서는 아직도 부족 하다고
몸을 씻으며 나오지를 않네

새벽산기도

새벽 둥지는
생명을 살리는 영혼의 호흡 처이다
비탈 길 굽이굽이 힘겹게 올라와
가쁜 숨 몰아쉬고 내려가노라면
아직도 잠들어 있는 산야지만
소나무들은 깨어
어둠 속에서도 먼저 반겨 맞는다.
낙엽을 모아 두텁게 둥지 만들어 놓고
사모하는 임께 속삭인다.
숨죽은 듯이 고요와 적막은 흐르는데
사랑이야기 나누며 얼굴 붉거진다.
잘못한 것 고백할 때 포근히 안아주고
사시사철 찾아와도 변함없이
반겨 맞아 빙그레 웃음 짓는 임
그 사랑 고이 간직하고
내일 새벽 또 만나야지
새벽산에서 사랑에 울고 영혼을 호흡한다.

경칩

새싹이 기지개를 켜느라
사방에서 웅성웅성
매화가지도 어여쁨을 뽐내려고
힘껏 힘을 주고 기다리고 있다
방긋 웃으며 해님이
개구리 나가 보라고 애원하여
그립던 임을 만날 급한 마음에
온힘 다해 나왔더니
난데없는 눈이 내려
소스라치게 놀란다
임은 보이지 않고 집만 잃어버려
오돌 오돌 떨면서
집 찾느라 임 찾느라
애 만 터진다.
언제나 임을 만나 회포를 풀까?
심술꾸러기 해님 나가보라고 해놓고
구름 사이로 얼굴 살짝 내밀며

매화

언제나 찾아 올려나
긴긴날 추위를 견디며
뽀얀 속살 어서 열고파 기다리더니

따스한 해님 살그머니 곁으로 다가와
포근히 감싸 안아 주어
겹겹이 숨겨 놓은 것 보이며
수줍게 미소 짓네

순식간에 동네방네로 소문 퍼져
서로 어여쁨을 뽐내느라 야단들이다

함박웃음으로 미인들의 잔치 세계
향내가 진동하고 벌 나비 날아와
짝을 찾아 사랑을 속삭이느라
해 가는 줄을 모르네.

엘리엘리
라마사박다니

부활의 아침

신음 하는 주님의 음성
골고다 언덕 휘 감고 들려 올 때
흑암이 햇살이 되어 피어난다.

못 박힌 자국에서 피가 흘러 적실 때
죄의 쇠사슬이 풀려 생명이 요동치고
푸르름이 새 피조물을 노래한다.

가득 지어진 죄 짐 내려놓으니
저편 영혼의 개찰구가 보이고
새 하늘이 보이지 않는가?
빈 무덤가에서
궁창에 새가 되어 훨훨 나누나

아 ! 부활의 아침
꽃에 덥힌 십자가 향기 진동하고
온 천지 승리의 함성 소리로
메아리쳐온다.

민들레

이른 봄 양지 바른 들에 나가
민들레를 만나보라.
겨우내 얼음과 눈 밑에 짓눌려
얼고 떨더니
따스한 온기를 받을 때
연노랑 민들레
어느 순간에 신호하며
온 들을 노란색으로 뒤 덮는다

그 누가 먼 발취에서 바라보며
생명이 없는 땅이라고 하는가
봄이 오는 들에는
어느 날 숨죽이며 지키고 있던
뿌리들이 꿈틀거리며 꽃잎을 내고
꽃을 만들어 온 세상을
아름답게 단장 한다
이것이 생명이라고

새벽 산행

간밤에 온 산야를
새하얀 은색 옷으로 갈아입히고
바닥에도 지려 밟고 오라고
새하얀 양탄자로 깔아 놓고
잠 못 이루며 밤새 기다리던 신부가
신랑을 맞이하네.
고운님 맞으며 살포시 가슴 부여잡고
한 발자국 한 발자국 축제의 행진을 한다.

고요 적막이 흐르는 산행
산새도 깊은 잠에 빠져 기척이 없고
임을 찾아 헤매 이는지
이름 모를 짐승 발자국만 하나 둘 새기며
서산으로 향했네

내일 새벽은 어떤 신부가 기다리러나
별님일까 달님일까

봄의 향연

목청껏 불러 봐도 대답 없더니
몰래 몰래 산마루 너머 남녘 바람 몰고 와
온 대지 가슴팍에 파고들어
나뭇잎들이 기지개를 펴고
창공을 나는 새들도 유난히 덩달아서 들떠있다

일제히 약속이나 한 듯 능선에서도 실개천에서도
각양각색의 무대를 만들고
신명난 유희를 펼치느라 분주하다

수줍게 몸 추리던 꽃님 네 들
벌들의 노래 소리 흥에 겨워 온 살을 내 놓고
함박웃음 잔치 놀이 해 떨어진 줄 모르는구나.

광활하게 펼쳐진 황홀한 인생무대 위에서
제3막의 연주를 무슨 곡으로 어떻게 장식할 것인가

코스모스

길섶에 핀 코스모스
열여섯 고운 순정
가녀린 몸매로 예쁜 미소 띠우며
연지곤지 발라 놓고
서로 수줍게 처다 보며 웃고
돌아보며 웃고 어쩔 줄 모르네
바람이 시샘 하며 지나가면
더 흥이 나서 춤도 추고
함성도 지르며 박수도 치고
수줍음도 잠시 잊어버리고
축제의 장을 펼치네

나 비록 산등성이를
넘어가고 있지만
그 고운 순정의 미소
고추잠자리 날개에 달고
훨훨 날아가고 싶다

일어서
다시한번 해보는거야
일어나 일어나 봄에새싹들처럼

영혼을 깨우는 소리

아침을 깨우는 소리
딱,딱,딱,딱,
딱따구리 통치는 소리가
고요 적막 뚫고
잠든 심장에 노크 한다

지치고 곤한 자여 일어나 일어나
수없이 깨우고 두들긴다.
다시 또 시작해봐

파릇파릇 돋아나는 새싹들
긴긴 모진 세월 그 고통 이겨내고
다시 시작하고 있잖아

영혼을 깨우는 소리가
온 산하에 메아리쳐
이 가슴으로
북소리가 되어 파고든다.

천사들의 찬양

천근 몸
휠체어에 누어
부르는 하늘의 노래,
사무치게 애원하는 사랑을 싫고
탄일 밤에 끝없이 날라 하늘 문을 연다.

일그러진 춤사위가 온 몸을 주체 못해도
사모하는 임을 향한 몸부림에
통곡의 벽 무너지고
환희의 날개를 달고 훨훨 날라
하늘 보좌 움직이네.

아! 그대들의 애 끓은
사랑의 열정, 영광의 함성
하늘 광채가 되어
무뎌진 심장을 쿵 쿵 때린다
누가 하늘에서 큰 자냐고?

잔디

꽁꽁 얼어붙은 흙 장에
뿌리줄기 엉켜 서로 얼싸 안고
견디며 기다리고
혹독한 산고 이겨내
연초록 날카로운 촉 머리
일제히 내 밀며
승리의 함성이
온 누리에 퍼진다.
기다림의 선물인가
인내의 산실인가
솟아오르는 그 정열
어느 순간
초록 싱그러움이
온 초원을 설레게 하고
평화로운 세상 만들어 놓은
그 광장 위에
꿈을 펼치며 훨훨 날아간다

즐거운동산
믿음의반석도
든든하다우리
집즐거운동산
이라고마와라
임마누엘복되
고즐거운하루
하루
청농

석양

동녘 하늘 붉게 물 드리며
함박웃음 가득 머금고
창공을 향해 솟아올라
꿈의 향연 펼치더니

낙원동산 소풍하며
아름다운 세상 구경하고
돌아가는 길.

옥색 비단 둘러 감고
수줍은 미소로
금빛 물결 넘실대는
수평선 너머에
살며시 내려 안는다
소망의 나라에

연분

태고의 흔적 안고 비탈진 응달에
바위 신랑이 침묵 속에 잠겨있다
이끼 신부
수많은 세월을 한 결 같이
곁에서 감싸 안고
푸른 청춘 만드느라
세월 가는 줄 모른다
빈 틈 한곳이라도 맨살이 보이면
가려 주고 덮어 주고
틈바구니에 파고 들어가서는
능청스럽게 슬그머니 자리 잡고
운무가 자욱이 모습을 가려 주면
한 없이 좋아라
즐거움을 만끽 하는
사랑 이야기
빛바랜 청춘에게도
봄이 손짓하고 있다

봄은 아직 먼데

누가 가르쳐 준 것도 아닌데
겨울이 오기 전 사력을 다해
땅속 깊숙이 파고 들어가
고독의 긴 날 잠자면서 기다리다가
얼음장이 풀리면 그 곳을 빠져나와
목청껏 소리 지르며
감회의 회포를 푼다

이른 봄 너무 일찍 땅을 파지 말아라
아직도 땅속 에는 축 늘어진 개구리 들
긴긴 날 선잠 자며 초조하게 기다리다가
소스라치게 놀랜다.

이른 새벽 의지에서 누더기 쓰고 자다가
쫓겨나 언 심장 부둥켜안고 한숨 짓는
그들의 모습이다.

달 가듯이

동쪽하늘 산등성에 기대고
기지개를 키며 긴 밤
외로이 떠나던 너

어둠속 구름에 얼굴 가리어
애탈 때는 속 아리를 앓고
비바람 폭풍이 몰아치면
서러운 눈물도 흘리다가
맑고 밝은 창공이 올 때면
몸 가 릴 수 없는 감격으로
함 것 웃으며 뽐내면서
별들의 부러움을
한 몸에 지니기도 했지

그렇게 온 하늘을 흘러오던 그대
오색찬란한 무지개 속을
지나고도 싶었는데

무지개는 보이지 않고
어느 새 왔을까?
벌써 서산 위를 두둥실 떠가며
숨을 채비를 하는구나

그날
하나님의 날이
임하기를
바라보고 간절히
사모하라
벧후3:12
청농

가라지

황금 알곡
가득 이고
수줍게 고개 숙인
저들 속에서
무엇이 그리
잘났다고
고개 쳐들고
의기 양양
우쭐대는가?
내일을 모르는
너의 인생아!
모아들인 잔치자리
구경도 못하고
맨 먼저 뽑혀
아궁이로 던져
사라져 갈 것
왜 모르나?

생명의 약동

혹독한 추위와
칠흑 같은 어둠속에
전신이 얼어붙어
모진 세월 그리도 끈질기게
참고 견디며 기다리더니

그 고통이 사라지던 날
회환의 눈물인가
승리의 감격인가
눈물로 온몸을 흠뻑 적시고
그 속에서 생명이
힘차게 약동하네

산마루 어귀에서도
광활한 들녘에서도
약속이나 한 듯

파릇파릇 새싹들이 솟아올라
무슨 사연이 그렇게도 많은지

한 없이 소곤소곤 속삭이고
울긋불긋 함박웃음꽃
자축 파티 하느라
시간이 모자라다.

그 고통을 이겨낸
생명만이 할 수 있는
환희의 몸짓 승리의 찬가가
온 산야에 울려 퍼지네

동면

천근만근
바위가 땅을 짓누르고 있다
그 틈 사이에서
고독과 추위와 싸우며
그리움을 간직한 채
상념에 잠긴 개구리

논두렁을 오가며
사랑을 나누던 임
밤새 것 노래자랑하며
즐거워하던 벗님네들
어디서 만날까?
숨죽이며 기다리고 있다

고운 해님 찾아와 등 떠밀면
온 힘 다해 뛰어나가
사무치게 그립던 내님 만나서
가슴 터져라 안아 주리
온 논을 휘저으며
감격의 노래 목청 것 부르리

목련화 연정

찬 서리 모진 눈보라에 온 몸 떨면서도
새봄에 하얀 너울 쓰고
순결하고 청순한 자태 보이기 위해
그리움을 가득 안고 부푼 꿈 키우더니
터질듯 한 욕망 내밀고는
마냥 기뻐 어쩔 줄 몰라 하던 너
눈부시게 곱던 고매한 모습
보여 주지 못하고
절절히 하고픈 사연 간직하고 있는데
푸르른 잎 새로 다가올 그대
기다리다 끝 내 만나지 못하고
고개 숙인 학이 되어 떠나려 하네
애닯게 미련 보듬은 목련화야
꿈속에서나 만나보렴 그대 얼굴

나의살던고향은울긋
불긋꽃대궐차리인동네

2부

추 억

화해

하늘에 먹구름이 휘감겨
맹렬히 반항한다.
우르르 쾅쾅
천둥치며 번개 불 번쩍대고
움켜잡은 채 놓아주질 않는다
맺힌 한이 저리도 많을까
펑펑 그 눈물 다 쏟아 내고는
맥이 풀려 있네
다시는 안 볼 것처럼
우르릉 대던 저들
화해하는 것 좀 보소
맺힌 것 다 풀고 나니
광활하게 창공이 펼쳐지고
유난히도 해님
환하게 미소 짓네

상봉하던 날

인천 국제공항
입국 수속을 마치고 나오는
딸 내외와 네 명의 손자들
유학 생활의 7년
한이 서린 그리움과 고달픔을
잠시 잊은 채 돌아온 이들
어떤 개선 장군 보다도
더 늠름하고 자랑스럽다

울컥한 만남에서
뜨거운 피가 무엇인지를 알았고
얻어 신겼다는
새끼들의 털버덕 거리는 신발에서
유학생활의 고달픔이 묻어 있으나
그래도
해 맑은 가족들의 얼굴빛에서
진실 되게 살아온 삶의 의미가 보였다

고생 많았다 내 새끼들아!
꿈을 만드는 사람들은
현재의 힘겨운 순간들을
환한 미소로 이겨내는
누구나 가질 수 없는
비밀의 열쇠가 있는 사람들이다
너희가 그것을 알고 있어
내 가슴 벅차고 뛴다.

홍콩 아침바다

간밤에 그 황홀하던 불빛
다 숨어 잠들고
바다는 정겨움으로 태어나
기지개를 켠다.
정박 된 레저 요트들
반짝이는 은빛 바다
물결 위에 두둥실 떠 있고
어디로 가는 걸까
무역선 한가로이 수평선 가르는데
저 멀리 빌딩 숲 바벨탑 영웅 되어
시야에서 머뭇거리고 있구나
스쳐 지나가는 이 아침바다
내일은 어느 누구를 안아 주려나
포근한 엄마의 품
홍콩의 아침바다

조각가의 손

유심히 두 손을 들여다보니
세월도 보이고 삶의 흔적도
고스라니 남아 있다.
오른손은 온갖 궂은일
선봉에 나서서 애쓴 흔적으로
오래된 가죽가방이 되 있고
왼손은 얻어맞고 찔리고 베여서
헌옷을 꿰맨 누더기 마냥
애처롭기 까지 하다
지체 중에 귀중하지 않은 것
한 가지도 없건만
유난히도 조각가의 손은
헌신 봉사로 평생을 보낸
아내처럼 치근하고 안쓰럽다.

비단 이불

그 정열 불태우던 때부터
반 백 머리된 지금에도
함께 해온 비단 이불
아련한 사연
아름다운 동화책에
행복한 이야기로 수놓는다.

가슴 뛰는 신혼의 날들
연탄불로 단칸방 덥히고
비단 솜이불 깔아 놓으니
이런 꿈같은 세상
또 어디 있을까?
이불 위에 뒹굴며 황홀했었지!

터질 듯한 가슴으로
숨결 느낄 때는 더 다정하게,
돌아 누 울 때면 정 식을까봐

안타까워하며
어머니 품처럼 포근히 감싸주던
그 이불이 이 밤도 맞아준다

긴 세월 함께 해온 인연
빛바랜 비단 천에
제 짝 찾아 떠나 간 자식들의
얼굴도 아롱져 보이고
노을빛에 물든 임의 노래도
정겹게 들리는 듯하다.

여로

노루 발자국 소리만 간간히 들리는 양로원
희미한 불빛아래 고요와 적막이 흐르는데
새벽잠이 무서워 두 눈에 불을 켜고
천근 몸을 한 지게에 지고
휠체어를 붙들고 애원을 한다
내 동무가 되어 주오
내 말 벗이 좀 되어 다오
구름 따라 흘러간 세월만
어두운 창밖에 걸려 있다
꽃 피는 춘 삼월
울렁대는 가슴으로 무지개를 그렸고
태양 이 쏟아지는 싱그럽던 시절
강가를 거닐며 함박웃음 피었고
석류 알 뽀얗게 익어 탐스러웠는데
어느 새 항구에 다 달아 배 고동소리만
적막을 깨우는 구나

판문점

판문점아 소리 질러라
나는 절규 한다고
60여 년 내 부모 형제
갈라놓은 비극으로
오늘도 외로이
슬픔 깊이 안고 산다고
판문점아 부르짖어라.
나는 바라고 있노라고
갈라놓은 내 겨레 내 핏줄
하루 속히 하나 되어
얼싸안고 춤을 추자고

2010. 판문점 방문하고

한(恨)

붙잡을 수 없이 빠르게
뭉게구름 바람에 실려
설음의 눈물 가득 담고
한 없이 한 없이
북녘 하늘로 달음질친다
한 많은 사연 터질듯 한 감회
그들을 만나면 부둥켜안고
그 한의 눈물
폭포수처럼 흐르겠지
애처로이
못 따라 간 조각구름
해님이
서러움 달래고 있구나.

고구마 추억

아내가 심어 놓은
알알이 탐스럽게 달린 고구마를 같이 캐면서
상념에 잠겨 웃음이 묻어난다
왜 웃어요?
어릴 적 십남매가 자라면서
배고프던 시절이 생각난 것이다
그때는 어찌 그리 먹고 싶은 것도 많았는지
낮에 몇 개씩 어머니한테 배급 받아 먹고
남은 고구마 소쿠리에 있는데
그것을 먹고 싶어 저녁에 잠이 안 온다
온 식구 한방에서 잠자던 시절
모두가 다 잠 든 것 같아
발로 몸을 밀어 소리 없이
장롱 밑까지 차고 올라가
소쿠리에 손을 넣고 고구마 하나를 꺼내
이불 속으로 가지고 와 먹는데
갑작이 들리는 소리

쪼작쪼작 어느 쥐새끼냐
어머니께 들킨 것이다

어느새
내 머리에도 하얀 서리가 내렸지만
정 많은 내 어머니
설움이 담긴 그 음성이 오늘 따라 몹시 그립다
딱 한 번만이라도
그때 그 고구마를 먹으며 잠들고 싶다

품어봐!

감사의 마음
품고
살아 봐 !
양 어깨에
기쁨의
날개 달고
행복의 나라로
훨훨
날아 갈 거야.

천사들의 소리
(발달 장애인들의 풍물)

가슴으로 심령으로 뜨겁게
북 장구 치며 찬양하는 몸짓,
생명수가 흐르는 은혜의 강이었네.

스펀지 장구채로
박자 잃고 치는 장구 소리
귀에 닫지 않지만
창조주만 들을 수 있는
신비한 영혼의 숨 소리였네.

호흡이 있는 자들이여
티 없이 맑은 저들의 순박한 미소
온 몸으로 드리는 몸짓을 보아라.

네 영혼아
주의 이름을 송축 하라고
애원하고 있지 않는가?

해바라기

너는 해님을 참 사랑하나 보다
무엇이 그리도 좋은지
크게 잘 보일여고
다리를 쭉 뻗어 보고
목도 있는 대로 빼 보고
온 종일 키를 키우느라
시간 가는 줄 모르더니
이젠 해맑은 얼굴을
내 밀고 함박웃음으로
바라보다가
저녁이 되니
바라 볼 수 없다고
침울하게 긴 밤새더니
아침이면 언제 그랬냐고
밝은 웃음 담고
하루를 사니 참
수많은 날

사모하는 임 생각에
먼 거리 두고
마음 태워서 일까
그 고운 얼굴이
당신께 바칠 까만 사연
가득 안고
고개 떨 구며 깊은
상념에 잠겨 있구나.

그날이 오면 그리운 임들을 만나 얼싸 안고 춤을 추리
청봉

우리 어매

춥고 배고픈 시절
우리 어매 가슴속에
한 가지 소망은
가마솥에 쌀밥 가득해서
십남매 자식들 배불리
실컷 먹게 하는 것이었다.

우리 어매는
사랑을 한 아름 품고 사셨다
설 전 이면 자식들
때때옷 만들어 입히기 위해
온 밤 지새며 재봉틀을 돌려
고달파도
늘 기쁨으로 충천 해 있었다.

우리 어매는
부족한 것 없는 언제나 부자

보리 볶아 놓은 것
다 나누어 주고 없을 것 같은데
어디다 감추어 놓았는지
또 꺼내서 한주먹씩
주머니에 담아 주던 부자

우리 어매는 함박꽃 웃음
명절 때 고무신 한 켤레 씩 배급 주고
하늘 높이 뛰는 자식들 보면서
같이 좋아서 어쩔 줄 몰라 하던
함박꽃 우리 어매

그 심장 속에는 언제나
하늘의 찬양을 가득 담고 사셨다

인생 항해

넓고 푸른 인생 바다에
돛을 달고
기나긴 미지의 세계를 향해한다
때로는 순한 바람이 불어
방향 찾아 잘 갈 때도 있지만
역 풍이 불어
힘겨운 항해를 할 때도 있고
심한 풍랑이 치면 닻을 놓고
잔잔할 때를 기다려야한다
수없이 찾아오는 시련도
견디고 기다리고 바라고
그렇게
인생의 바다를 건너간다.
항해를 마치고
꿈꾸던 항구에 다 달으면
맞아 주는 임과 함께
영원히 찬양하며 살리.

시들지 않는 꽃

(아내의 70회 생일에)

당신의 마음에서
방금 빨아 놓은 옥양목에
맑은 물방울이 보인다
주름진 사이로 그 청순함이
세월의 흐름도 잊은 체
고은 새색시로 머물러 있는

당신의 얼굴에서
장독 뒤에 숨어 수줍게
웃음 짓는 채송화가 보인다
숫한 세월 낮은 자리 지키려
돌 틈에서 붉은 미소 지으며
은은한 향기로 다가오는

당신의 가슴속에
봄의 소식 가득 안고 솟아난

풋풋한 풀 냄새가 서려 있다
고귀하게 살아온 세월의 무게
능선 타고 한 걸음 한 걸음씩
온 사방으로 퍼져가는

당신의 눈가에서
아침 풀잎에 맺힌 청아한
이슬방울이 보인다
시련 헤치며 살아온 모진 날 들
그 안에 나의 오늘이 누어
바라보고 있다

눈물의 찬송

일 년에 한 두 번은 고향으로 향 한다
피를 나눈 10남매 빠지는 사람 없이
기다림과 설렘으로 모여드는 형제들
누구하나 대단하게 잘난 사람 없지만
믿음으로 뭉친 형제 한 덩어리 되어
신앙 이야기 나누며 지상천국 실감한다.

찬양하며 간증하며
은혜의 시간 보내는데
맏아들 신앙 떠나 겉돌고 있어
부모형제 고통 이 보다 크랴
온 가족 둘러앉아 찬송하는데
나도 한곡 부를래요
뜻 밖에 부르는 찬송
날마다 주와 버성겨 그 크신 사랑 버리고
방탕한 길로 가다가 어머니기도 못 잊어
끝을 다 못 맺고 펵펵 흐느껴 우는
육순의 맏아들 눈물의 찬송

집을 나갔다 돌아온 탕자를
맞이한 아버지처럼
둘러앉은 모두는 감격의 울음바다 이루고
맏아들 새롭게 변화되어 새사람이 되었네
믿음의 가정은 지상의 천국

높이 날으는 새가 멀리 본다

존 앵콕 타워에서

하늘 향해 높이 높이 쌓고파
위엄을 뽐내는 빌딩 숲
저 밑에 아물 거리고
경쟁의 눈을 부름 뜨고
달리는 자동차 물결
가물가물 무리 져 간다
분주한 인간 행렬
어디서 생존 경쟁 하는지
광활하게 펼쳐진 미시간 호수
어디가 하늘인지 호수인지
분간하기 어렵다
수평선 너머 미지의 세계
상상의 나래를 펴고 훨훨 나누나
아등바등 큰 것들에
눈 가리어 맹인 되더니
높이 올라 멀리 보니
세상이 보이고 인생이 보이고
천국이 보인다

아름다운 목회자

그 어린 시절
물새들도 쉬어 간다는 외딴 어촌마을
차 한대가 들어오면 온 동네 아이들 경사 난다.
차 들어온다, 소리 지르며
단 숨에 모여든 빡빡 머리에 개구쟁이들
어느 순간 차 앞 뒤 옆에 매달려서
큰 벼슬이라도 한 것 마냥 뽐내는 아이 들
저녁이면 등잔불 주위에 빙 둘러 앉아서
이 잡다가 머리 고실라 먹고 부끄러워서 쩔쩔 매고
동네 어귀 주막집에서 술 마시고 탄식인지 주정인지
고래고래 소리 지르며 지나가는 술꾼이 많은 동네
한글을 깨우치지 못하고 무학자가 많은
희망이 잘 보이지 않던 동네에
30대 초반의 젊은 목회자가 부임해 왔다
호야로 불을 켜서 예배드리던 교회에
발동기를 돌려 전기를 일으켜 전기 불로 예배당에
불을 밝히고 예배드리고 야학으로 한글도 가르치고

종탑 네 귀퉁이에 스피커를 매달고 동네를 향해 설교를 하여
교회 나오지 않는 이들에게 까지 산에서 들에서
바다에서 설교를 듣게 하고
동네 사람들과 소통하기 위해 교회 밭 하나를 마련하여
분뇨 통을 매고 밭에 나가 농사도 짓고
불 잘 드리지 않는 방을 고쳐 주기 위해서
구들장을 뜯어 온 몸이 방금 탄광에서 나온 광부처럼
새까만 모습 그냥 시골 청년 농군의 모습인데
살아 있는 목회는 어두움을 밝히는 등대가 되었다.

술에 만취가 되어 비틀거리며 멀리서 걸어오다가도
목사님이 앞에 보이면 술을 안 먹은 척 하며
똑 바로 걸어 보려고 애쓰는 몸 짓
담배를 입에 물고 오다가도 목사님이 보이면
안 피운 척 하며 제 빨리 뒤로 감추는 모습
새파란 젊은 목회자이지만 진실한 목회는
안 믿는 자들에게 까지 존경심과 감동을 주었다
10 년을 한 결 같이 몸으로 가슴으로 뜨거운 관계로

행복한 목회를 하고 다음 부임지로 떠나던 날
온 동네 사람들 눈물로 전송을 하였다
그 척박한 동네에도 목사님의 영향을 받아
좋은 신앙인 들이 많이 배출 되었고
그 청년 목사님 가는 곳마다
감동의 목회를 하고 부흥 성장을 이루었고
우리교단 총회장을 역임하신 유재천 목사님
큰 교회를 일군 교회에서 은퇴를 하면서
퇴직금을 교회에 반납하고
후임 교역자에게 부담을 안 주기 위해서
먼 곳 시골에 집을 마련하고
후배 목사님들과 겨자씨 선교회를 아름답게 섬기다가
그렇게도 정열적으로 평생 증거하시 던 하늘나라
주님 품에 안겼다
장례식도 목사님 유언에 따라 총회 장(葬)이 아닌
가족장으로 조촐하고 아름답게 마감하셨다.

해돋이

기나 긴 밤 잠 들어
고요 적막 이루더니
수평선 검붉은 띠 위에서
해산의 고통 치룬다
온 몸에 붉은 옷 입고
양수를 뚝뚝 흘리며
옥동자를 잉태하는
위대한 모성애
흑암 속에 방황하는
영혼을 향해
탄식하며 애원하는
이 들에게
은혜의 햇살이 되어
오늘도 비추고
내일도 산다

외기러기 날개 짓

결혼 한지 38년, 항상 분신처럼 곁에서 밥해주고 옷 챙겨주고 자동차에 오일 갈고 내가 바쁘다는 이유로 온갖 일을 손길 발길 닫지 않는 곳이 없었는데 딸내미가 넷째아이를 출산하여 뒷바라지 하러 미국에 간지가 5개월이 가까워온다.

인적이 뜨음한 작업실에서 긴긴날 혼자 지내기가 여간 등이 차갑다.

올해 따라 기록 될 만한 혹독한 추위가 기승을 부리고 눈이 많이 내려 무척이나 불편한 겨울이다. 이런 것을 두고 고독이라고 할까?

아내가 없는 사이 기분도 전환하고 또 무언가 도전 해 보겠다는 일념으로 모닝콜을 다섯 시 반에 맞추어 놓고 일찍이 하루의 문을 연다.

춥지만 심신 단련과 영혼의 호흡을 하며 시작하고 명상과 상념의 시간 들이 친구가 되어 마음을 일깨운다.

그 동안 마음속으로만 동경해 오던 시의 세계를 혼자 지내는 동안 도전하여 문예사조에서 신인상을 받게 되었고 이러한 계기로 해서 막차를 타고 너울진 들녘에 시의 문화 여행을 나서게 되니 큰 보람이 아닐 수 없다.

혼자 잠깐 있는 것이 불편한 것은 많지만 꼭 불행하고 괴로운 것만은 아닌 것 같다, 시심에 잠겨 떨어진 날개를 달고 산

넘어 바다 건너 마음껏 훨훨 날아도 보고 영혼을 생각하며 인생도 돌아보고 혼자 외롭게 지내는 많은 이 들의 아픔도 조금씩은 이해를 할 수 있게 된다.

내 어릴 적 가장 친하게 지내던 친구가 자전거를 타고 퇴근 하다가 오토바이와 부딪쳐 전신이 마비되어 누어있는데 자주 가보지 못한 매정한 사람 내일은 꼭 찾아가서 기도해 주고 와야겠다.

시간도 바쁘고 세월도 많이 가니 세끼니 때우는 것이 예사롭지 않다. 지인들이 정성 들인 반찬을 싸 주어 고맙고 미안하고,

반찬을 해보지 않고 대접만 받고 평생 살아와서 방법을 몰라 5개월 동안 비빔밥으로만 먹었는데 이제 한계가 온 것 같다. 몇 일전 무엇을 잘못 먹었는지 배가 더부룩하고 소화가 안 돼서 몇 끼니를 굶어도 거북하여 병원 신세를 졌는데 이번에는 설사로 물 한 방울까지 다 쏟아 내는 일이 있어 또 병원 약을 먹고 나았다. 먹고 사는 것이 보통 일이 아니다.

참 귀찮은 일 말 한마디 없이 평생 해온 아내가 오늘 따라 무척 크게 보인다.

나도 이제 무언가 요리를 해 봐야겠다고 마음먹고 탕 그릇에 물을 조금 넣고 된장을 조금 풀어 양파를 잘라 넣고 김치 조금 두부 조금 고기를 조금 넣고 보글보글 끓이니 맛있는 된장찌개가 되었다. 혼자 빙그레 웃음이 난다.

그렇게 어렵게만 느껴지던 된장찌개 자신이 생긴다. 아내가 돌아오면 이 된장찌개를 끓여 내 놓아야겠다, 깜짝 놀라겠지! 이렇게 인생은 기다리며 배우며 바라며 사는가 보다.

시집가는 날

정 많은 누나가 섬으로 시집가는 날.
어린 동생 간장을 녹인다.
어촌 마을 조그마한 동네
교회에서 결혼식을 올리고
이틀 후 상각들과 위인 대표들이 같이
시댁으로 인사 가는데
유난히도 꽃샘바람이 쌩쌩 차갑게 시샘을 하고
차가 들어 갈수 없는 섬 마을이라
통통 배를 타고 오후에 간다는 말을 들었다
시오리 쯤 되는 학교를 단 숨에 뛰어 갔다 와보니
배가 떠날 준비가 다 되어가는 때였다.
누나 떠나보낸 마음이 너무나 아쉬워
그 배에 모르게 올라탔다.
통통 배는 출발하여 바다 가운데 쯤 갔는데
아이가 배에 올라와 있는 것을 보고
다들 깜짝 놀란다.
질퍽거린 땅을 밟고 먼 길을 뛰어 오느라
바짓가랑이에 신발에 양말에 흙투성이 이고
상각으로 가려면 신부 집의 자존심인데

야단 들이다
먼 바다까지 왔으니 그대로 돌아가서
내려놓고 올수도 없고
어쩔 수 없이 싫고 가는데
출렁 거리는 배를 타고
한 시간 여 동안 가서 내리게 된다,
새신랑 집에를 가려고 하니
이제 부끄러움이 찾아온다.
진흙 묻은 옷을 가리느라 진땀을 빼 보지만
어쩔 수 없고 비벼 털고 해서 좀 좋아 졌는데
이제 양말 떨어진 것이 보여서 말썽이다.
창피해서 어쩔 줄 몰라 하는데
마치 신랑 된 매형이 자기 새 양말 한 켤레를 주어
신어보니 양말 뒤 굽이 종아리 까지 올라와
여러 가지로 상각 채면이 말이 아니다.

그렇게 추억을 남기며 시집갔던 누나,
정도 사연도 수 없이 남겨 놓고
자식도 없이 사시다가
먼저 하늘나라에 가신 우리 누나
보고 싶고 그립다.
지금도 조카 들 생일 손곱아 새고 계시겠지.

너를위하여

3부

가장 귀한 선물

품 안

으스스 찬바람이 분다
비바람이 몰려온다
비에 젖은 병아리 군상들
추워서 떨고 있다
비바람을 막아주는
양지바른 곳에
엄마 닭이 있다
그 곳 날개 속
포근하고 아늑한 곳
폭풍이 와도 괜찮다
날개 속에 있는
병아리만 아는 낙원

가장 귀한 선물

골고다 언덕 위 십자가에서
두 손 두 발에 못 박는 소리
쾅, 쾅, 쾅,
엘리엘리라마사박다니
내가 목마르다
신음 하시는 주님의 음성이
메아리쳐 들려온다.

그 고통
그 저주를 받으시며
온 몸 아낌없이
나를 위해 내어 주신 주님
가슴 움켜 안고 감격의 눈물이
폭포수가 되어 흘러도
부족한데
굳어져 있는 이 마음
어떻게 하나요.

주여!
깨어나게 하소서
살아나게 하소서
그 뜨거운 핏방울이
이 심장에 베어들어
세상에 가장 귀한
선물을 받은 자
벅찬 감격으로
평화와 사랑을
만들어 가게 하소서.

비가(悲歌)

(장모님 영전에서)

남김없이 다 주고
우렁이 껍질이 되어
떠나가신 어머님
곤히 잠들어
하얀 무명천에 덮여 있다

그때 그렇게도
숨 갚게 빨아대던 자식들
둘러서서 흐느끼며
차마
눈뜨고 바라보지 못하고
서러운 눈물만
곱게 갈아입은
무명옷을 적신다

벌거벗은 뿌리

비탈진 등산로에 핏 줄들이
살 하나 붙이지 않고
그대로 벌거벗고 있다.
수천수만 발자국에 짓 밟혀
살이 송두리째 다라 버린 채로
서로 부둥켜 않고 위안 하며
가느다란 실핏줄 몇 개로
영양을 올리느라 몸부림친다.
엄동설한 눈보라에 꽁꽁 얼어도
폭풍우에 씻겨 만신창이가 되었어도
오로지 살려야겠다는 일념으로
오늘도 밟히고 내일도 밟히면서
푸른 소나무를 키우느라
몸부림 치고 있다

희생과 인내를 가르치는 스승으로
애끓는 어머니의 심장으로
아낌없이 주며 살아가고 있다.

내 고향

물새들이 쉬어 가는 내 고향 복길
삐걱삐걱 노 젓는 사공
구슬픈 선율에 맞춰 부르는 콧노래가
머래 강에 메아리쳐 온다.

눈앞에 아기자기 작은 섬들
물위에 둥실 떠 있고
갱변에 봄볕이 들면 넘실대는 물결 위로
모치 짱뚱어 은빛세계 만든다.

앞산에 진달래 꽃 만발하면
개구쟁이 아이들
꽃을 따 입에 가득 넣고
신이나 어쩔 줄을 모른다

해질 무렵
갈매기 무리들 떼 지어 날아
황홀한 노을 속으로 빠져 들면
바다는 침묵에 곤히 잠이 든다

등대

검은 바다 위에
달그림자도 얼어붙어 있는 곳
성난 파도 사납게 울부짖는데
그리움을 간직 한 채
작은 외딴섬에 등불을 밝혀 들고
하염없이 흐느끼며 돌고 있다
수백 수천을 돌고 또 돌아
지치고 고달플 텐데도
방황하는 이 들을 인도하는
성직자의 심정으로
외롭게 항해하는 동반자의 마음으로
갈매기 편히 쉬어가는 어머니 품
파수군의 사명을 감당하는 등대

나도 조그마한 등대 하나 밝혀
방황하는 이들에게 길동무가 되어 주고
지친 영혼을 달래 주었으면 좋으련만!!

오직
성령안에서
의와 평강과
희락이라
로마서14:17

부채꼴 사랑

그때 등이 시리던 그 시절
아궁이에 불을 집혀 구들장에 따스함이 베이면
이불 깔고 잠잘 채비 하느라 십남매 야단법석이다
머리 큰 자식들은 옆방으로 떠밀려 나고
고만고만한 아이들 한 방에서
어머니 옆자리 잡기 위해 맹렬한 쟁탈전이다
원한 자리 차지하면 세상을 다 얻은 거 마냥
병아리 어미닭 품에 안기듯 포근함에 취해 잠들고
밀려난 아이들 이불속 사방에서
어머니 발끝에 발들을 올리기
사랑 찾기 경쟁을 하여 부채꼴이 된 후에야
그 따스한 정이 어린 가슴들 타고 흘러
비로소
어머니의 포근함 속에 꿈을 꾼다.

걸레

모퉁이에 쭈그리고 있다가
온갖 더러운 것 닦아 내고
휘감고 왔는데
맑은 물 안 내 놓은 다고
수 없이 두들겨 맞고
또 구석진 곳 찾아 간다.
친구들 멋 부리며
예쁨 자랑 하고 있 것만
닳고 닳토록 몸을 희생하니
모든 곳이 밝게 변하누나.
이따금 깨끗이 목욕하고
빨래 줄에 매달려 뽀송뽀송
 해님과 수줍게 노닐지만
그것은 사치일 뿐이다
당신도 가끔 걸레가 되어
들어 내지 않고 더러운 구석구석
밝게 할 수 없겠냐고
쭈그리고 앉아 처다 보고 있다.

모성애(母性愛)

숫한 사연 담은 고산절벽
폭포수가
페인 가슴 타고 흘러내린다.
저 쏟아지는 물은
아마도
안간힘을 다해 사투하는
어머니 눈물일 것이다
외로운 노송
지키기 위한 사명감으로
모진 세월 한결같이
부둥켜안고
엄동설한 긴긴 밤에도
폭풍우의 잔인함에도
침묵으로 꿋꿋이
받아내며 버티는
저 위대한 모성애

우리 어매기도

종갓집 맏며느리
가마솥에 제사 밥 안쳐놓고
솥뚜껑에 십자가를 그리며 드린 기도
아궁이에 부지깽이로 갈키 나무 넣으며
고개 푹 떨구고 드린 기도
저 영원들을 구원 해 주세요.
산소 앞에 음식 차려 놓고 절하지 말고
예배드리는 가문 되게 해 주세요.
세양 때마다 마음 태우며
제사 음식 장만 하던 울 어매
이루지 못한 한을 품고 이 땅을 떠났다.

그 기도가 강산이 수 없이 바뀐 후인데 썩지 않고
싹이 터 올라 열매가 맺혔네.
산소 앞에서 복음의 메아리가 울러 퍼지고
찬양의 소리가 하늘을 찌르고 기도가 가슴을 쳤네.
하늘도 땅도 웃고 산천초목도 덩실덩실 춤을 추고
우리 어매 하늘에서 눈물 훔치며 미소 짓네

반려자

낙엽은 흩어져 뒹굴고
찬 서리 살갗 여미는 스산한 새벽
부자유스런 몸을 이끌고
일용직에 나서는
칠순 남편 출근길
배웅하는 할머니
목도리 둘러 감고 입마개 쓰고
차 타는데 나와서 잘 다녀오라고
흔들며 배웅하는 저 예쁜 손
애틋한 정이 싸늘한 아침을 녹인다.

험산준령 긴 고갯길을
수없이 넘어왔을 여정인데
백년 가약 변치 않은
아름다운 반려자의 따스함이
밝은 햇살 되어
모락모락 피어오른다

힘겨울 뒤에
찾아오는
큰 보람

바닷가 절벽

너는 무슨 잘못이 그렇게도 많길 레
성난 파도 갑작이 달려와 수백수천 번
뺨을 때리고 숨어 버리는데도
묵묵히 맞으며
하염없이 눈물만 흘리고 있나

무슨 사연 있기에 페인 가슴 부여잡고
아스라한 절벽에서 고독과 씨름하며
고통을 견디어 내느냐

네 몸속에 핏 줄을 담고
살아가는 생명을 위해
품고 있는 가슴으로
사나운 마음을 달래 주기 위해
온 갖 희생을 한 몸에 지니고
바다를 지키며
생명을 살리고 있구나.

가로등

하얀 고독을 안고
가녀린 몸매에 외발로 서서
밤새도록 고개 떨구고 슬픈 외눈으로
산마루 어귀에 서 있네.

긴긴 밤 외롭게 꼴딱 새워버린 수많은 밤
거친 비바람이 부딪쳐도 달래 주는 이 없고
눈보라가 치는 쓸쓸한 밤에도
말 걸어 주는 이 하나 없지만

방황하는 자식을 위해
애 태우며 기도하는 어머니처럼
전선에 가 있는 님을 기다리는 아내가 되어
수년을 하루같이 등불을 밝히며
기다리고 서있다.

해님이 동녘 하늘에 올라오면
그제 서야 조용히 잠이 든다.

등산로 낡은 의자

눈보라가 휘날리면 눈옷으로 뒤집어쓰고
폭우가 몰아치면 흠뻑 젖은 몸으로
산새도 잠이든 고요한 밤에나
낙엽 진 쓸쓸한 가을에도
벗님 네 들을 하염없이 기다리고 기다린다.

내 몸은 관절이 고장이나 삐걱 거리고
다리가 물에 씻겨 지탱하기 어려워
끙끙대지만
힘겹게 찾아온 이들을 반가이 맞이한다.

지치고 의기소침한 이 들에게 편안한 휴식을 주고
분노의 감정을 안고 와서 실컷 원망도 하고
기쁨을 안고 찾아와 환한 미소도 짓고
사랑하는 연인들이 와서 깊은 사랑 속삭이는
안식처에 언제든지 찾아와 주오

다시 만난 어머니

포코레인 큰 바가지 손
두세 번 글어 내니
잔디로 예쁘게 단장 된 봉분
순식간에 사라지고
세상 모든 시름 잊고
잠들어 있는 어머니를
만나던 날
가슴에 서러운 눈물이
하염없이 적신다.

그 곱게 바느질 하던 손
정을 담고 미소 짓던 입
반가이 맞으며 오실 것 같은 발
어디로 갔는지 보이질 않고
애달게 허공에서
탄식 소리만 들린다.

육신의 몸
허무하게 이처럼 자연으로
돌아 가 건만
무너질 성을 쌓느라
아등바등 무엇을 위한 몸부림인가
보이지 않는 흔적 들이
간절히 애원 하며 떠나갔다
육체는 흙 한줌에 불가하니
영원을 깊이깊이 생각하며 살라고

예쁜 손

쾌종시계 째깍째깍
쉴 새 없이 움직이듯
전철 안 몹시 분주하다
앞 못 보는 맹인도
지팡이 끝에 눈 달고
똑 똑 똑 바닥 때리며
목에 걸려 있는 털털한 녹음기 타고
교회음악 나지막하게 흘리며 지나간다

지난 칸에서 미쳐 그를 놓쳤는지
비좁은 공간을 뚫고 성큼 다가와
지폐 한 장
빨간 플라스틱 그릇에 넣어주고
제자리로 돌아서간 그 예쁜 손
천사를 닮은 아름다운사람

지폐 한 장이 그릇에서 빙그레 웃으며
뿌연 내 마음거울을 닦고 있다

해송

찬 서리 모진 풍파 한 몸에 지니고
낭떠러지 벼락 절벽 바위 틈
흙 한줌 움켜잡고 산고를 치른다.

휘어 감긴 등허리 깊이 파인 주름 살
고난을 온 몸에 가득 안은 채
나그네 길손 부르며 한없이 기다린다.

세찬 비바람 성난 파도에 가슴 태워도
늠름한 지조 굴복하지 않고
힘겨운 새야 쉬어가라 애원하며 서있다

파도가 할퀴고 간 밑 둥이 자국 무성해도
해송은 의젓한 춤사위로
평화롭고 아름다운 세상 기원하고 있다

학교종이
땡땡땡
어서
모이자
선생님이 우리를 기다리신다

어린 추억

창밖에 소나무가 눈에 덮여
포근히 잠들어 있는데
그리움의 날개를 달고
천리 먼 외딴 바닷가
내 어린 시절로 날아간다.

추억의 고향
눈이 오는 날이면
굵은 대나무를 반으로 쪼개서
불에 구어 기억자로 휘어
잘 다듬어 스키라고 만들어
양손에 들고
전쟁터로 나가는 늠름한 용사처럼
아이들과 같이 앞동산에 올라간다.
언덕길을 발로 눈을 다져
온통 미끄럼 장으로 만들어놓고
맨 앞에 대나무로 만든 스키 탄 아이

뒤에 꼬리 꼬리 물고 앉아
비호같이 내려가다가
구르고 미끄러지고
한번이라도 안 구르고 성공하면
세상을 얻은 것 마냥 좋아서
배꼽 빠져라 웃고 또 웃고
시간 가는 줄도 모르고
옷 젖은 줄도 모르고
실컷 놀다가 집에 가면
밥 짓던 우리 어매
불 냄새 나는 치마폭으로
포근히 감싸 안아 주시던
그때 그 치마폭 그 사랑
지금도 보듬고 산다.

옹달샘

태고의 시간이 살아 숨 쉬는
깊은 산속 옹달샘.
하늘에는 흰 구름이 수놓고 있고
먼 곳 찾아온 맑은 물 지칠 만도 한데
웅장한 바위 틈 사이에서
수줍게 노래를 부른다.

긴긴 세월 낮에는 사람이 찾아와서
추억의 이름들과 입맞춤하고
저녁에는 산 짐승들이 놀러와
목 추기고 가누나

모두가 한 식구 되어
허물없이 나누어 먹는 사랑의 샘물
평화를 노래하는 화목의 쉼터
마르지 않는 축복의 옹달샘이
목마른 자여 이 곳으로 오라고
기다리고 있다

외기러기 하늘을 날다

사랑하는 사람과 만날 수 없는 이별이라면
살을 여미는 아픔을 안고 살아 갈 텐데
만난다는 큰 기쁨을 가슴에 담고
5개월여 동안 미국에 있는 딸 넷째가 태어난
외손자 뒷바라지 하느라 헤어져 외로운 밤
홀로 지내면서도 긴긴날 묵묵히 견디었다.
딸 사위가 미국 여행 티켓 준비해 주고 초청하여
아들 며느리 손자 갖가지 짐 가방을 가지고
바쁜 시간 내서 공항까지 전송해 주고
여행 경비를 달러로 바꾸어
두툼하게 건너 주는 며느리 여간 고맙지만
힘들게 번 돈을 생각하니 한편으로는 여간 짠하다
주일마다 너희들을 볼 수 있어 외로움을
달 렐 수 있어서 좋았다
손자들의 고사리 같은 손으로 할아버지 잘 다녀오세요.
서로 작별 인사를 나누고 비행기에 몸을 싫었으니

마음은 벌써 꿈의 나라로 훨훨 날아가고 있다.
이륙하기 전 안개와 먹구름이 엉켜 하늘을 가리고
금방 무언가 쏟아 질것 같은 상황 이었는데
괴음을 지르며 먹구름을 뚫고 하늘로 향하니
그 어두운 세상은 어디로 간데없이 사라지고
맑은 창공이 먼저 반겨 주고 있다.
열세시간 소음 속에 잠을 청하며
길고 지루한 시간이지만
어느 세 시카고 공항에 도착하여 입국 수속 마치고
짝을 만나 꿈에 그리던 상봉을 하고
외손자 세 놈과 사위 마중 나와 기쁨의 정을 나누니
행복이 가슴 가득 파고든다.
공항을 빠져나와 개선장군이 되어
드넓은 대지를 질주하고 있다

사순절을 보내면서

강산이 수 없이 바뀌었을 세월이지만 어머니의
그 헌신적인 사랑을 생각하면 가끔씩 가슴
먹먹하고 눈가에 이슬처럼 맺힐 때 도 있다.
그럴 때면 슬픈 감정 보다 오히려 행복감에
젖게 된다.
진정한 사랑에서 나오는 감정일거다.
누구나 그러한 감성을 가질 수 있을까?
생활하는 사람이 시도 때도 없이 어머니를
생각하면서 운다면 그것은 무언가 크게 잘못 된
것이겠지만 그 사랑 그 은혜를 마음속에 평생
간직하고 어느 순간에 그 감정을 깊이 느끼는 것
세상 살아가는데 생활의 윤기를 만들어 줄 보배
같은 것이라 생각 한다.
부모도 너는 나를 위해 평생 울어주고 슬퍼하라고
하는 부모는 없을 것이다
네가 나은 자식들을 위해 너의 행복을 위해 애쓰고
애쓰라고 할 것이다

그러나 만날 수 없는 어머니가 당신을 향한 자식이
눈물의 애틋한 감정이 있다는 것을 알면 오히려
흐뭇해하지 않을까
신앙생활,
매년마다 한해를 보내면서 많은 절기가 있다.
그 절기마다 특별한 의미가 있고 잠자는 심령에
감성을 일깨워야 할 절호의 기회라 여겨진다.
그 가운데도 특별히 사순절 고난 주간은 회개의 기회
주님의 사랑을 회복하는 좋은 기회가 된다.
감정적으로 지나치게 치우쳐 신앙생활 하는 것도
문제가 되겠지만 감정 없는 신앙생활
얼마나 건조하고 힘이 들겠는가.
감정이 없으면 기도도 막히고 사랑을 고백 하는
자들에게 감정이 매 말라 있다면 형식과 예식에 매인
허공을 치는 고백이 될 것이다,
사순절 고난주간만이라도 슬픈 십자가여서가 아니라
내가 고백 할 사랑의 십자가 그 사랑에 감격 할 수
있는 눈물의 십자가가 되기를 바란다.

병상일기

고삐 풀린 황소가 광활하게 펼쳐진 초야를 지칠 줄 모르고
질주 하듯이 그렇게도 앞만 향해 뛰어 다녔는데
순간의 부주의로 1미터도 안 되는 곳에서 떨어져
요추에 금이 가 병상 반 평도 안 되는 비좁은 침대에 갇혀
스스로 물 한 모금 밥 한 수저 먹을 수 없고
배설물도 해결 할 수 없어 아내의 수종을 받아야 하는 처지
하루 24시간 꼼짝 없이 수많은 날을 보내야 하는데도
감사와 행복이 순간순간 찾아옴은 놀라운 은혜다
행복이란 부귀와 영화만도 건강해서 활기차게 부족함 없이
사는 것만도 아닌 것 같다
마음속에 숨어 있는 것을 꺼내서 느끼는 것이 행복인가 보다
평생 살아오는 동안
그렇게도 왕성한 건강으로 병원 신세 한번 지지 않고 살다가
처음 병상에 누워 있는데도 현실을 인정하고
거기에서 감사의 조건을 찾을 때 비로써 행복은 찾아 온 듯
하다.
수많은 시간을 보내면서 지나온 추억 살아온 날들 희로애락
잘못 살아 온 것 반성하고 뉘우치고

또 머지않아 이 자리를 박차고 나가
솟아오르는 태양을 볼 수 있고
무엇보다 비단처럼 고운 아내의 마음이 행복으로 감싸 않는다.
조용한 시간에 주마등처럼 지나가는 생각들이
가슴을 따뜻이 맞아준다.
잠깐 만에 가버린 세월 아내와 한 마음이 되어
꽃동산을 거닐며 살아온 날들을 회상하고
구비치는 풍랑에도 흔들리지 않고 꿈을 향해 살아왔던 날들
지켜주시고 보호해 주신 은혜에 참 감사한다.
곧 일어나면 돌아갈 삶터가 있고
그리스도인으로써 삶의 흔적을 위해 애쓸 수 있는
꿈이 있으니 행복하다
수 시간 응시하는 하얀 천정이 새사람을 만들려는 교과서가
되는
이 시간 밥한 그릇 국에 말아 정성스럽게 떠 넣어 주는
아내의 얼굴을 바라보니 그동안 보이지 않았던
눈 위에 가느다란 쌍꺼풀이 첫사랑의 감정을 끌어 올려 준다.

열정이
미래다

4부
꿈꾸는 청년

꿈꾸는 청년

꿈을 품고 산다는 것은 생명의 원동력이다
부푼 가슴, 설렌 마음으로 보람 있는 일에
도전해 보는 것 청년의 원천이다
나이가 젊어 청춘이 아니고
나이가 늙어 노인이 아니다
꿈을 품지 못한 자가 젊어도 노인이고
늙어도 가슴이 뜨거우면 꿈꾸는 청년이다
아침에 정열적으로 솟아오르는 태양도
희망차고 아름답지만
저녁에 지는 석양의 노을도
얼마나 곱고 아름답게
본향을 향해 가는가.
죽음이 끝이 아니고
새로운 삶의 시작이라는 것을 알면
보람을 향해 열정을 쏟아야 한다.
아늑한 소망의 항구에 잘 도달 할 수 있도록
오늘도 뛰고 내일도 뛰자
꿈꾸는 청년은 언제나 행복하다

분수쇼

너풀너풀 춤사위로
흥에 겨워
이리 비틀 저리 비틀
남의 흉내 따라 하며
서로서로 잘났다고
우쭐 거리네

하늘 향해 욕망 담고
어깨 넘어 어깨 사이로
얼굴 내밀고 올라타고
잘 보이게 하려고
야단이다

형형색색 불의 향연
장엄한 연주 선율 맞추어
품어 오른 물기둥 사이로
황홀한 불빛
찬란 도하건만

한 바탕 웃음 잔치
내려놓고
치솟는 욕망
한숨 돌려 앉으니
영화롭던 광채 사라지고
적막함이
인생무대 말하고 있다

지체 장애우

성탄절 만찬 자리 지체 장애우들
통닭구이 살 한 점 뜯어 입에 넣기 위해
온 손가락 동원 시켜 몸부림치는 모습
암벽을 타는 등반가가 벽을 오르기 위해
온 몸으로 발버둥 치며
도전하는 만큼이나 힘겹다

누가 이들을 향해 연약하다고 하는가?
매 순간 올라야 할 벽 앞에서
통곡의 눈물을 흘리며
갈망하고 도전하는데
이들이야 말로 의지를 가르쳐 주는
스승이 아닌가?

2012. 12.25
은혜동산에서 성탄절에

도전 해 봐!

우물 안에 개구리
사나운 바람이 불어도 괜찮다고
거기가 가장 편하다고
안주 하지 마라
그곳에서 백 바퀴를 돌아본들
무엇이 달라지나
하늘을 향해 온 힘 다해
뛰어 올라라
그래서 아름다운 세상
구경도 하고 세찬 비바람도
맞아 보고 짝을 찾기 위해
결투도 해봐라
그러면 심장 박동 요동치고
방금 질 밖으로 나온
아기처럼 감격의 함성
터져 나올 거야

고난은 은총으로 가는 레일

고난은 은총으로 가는 레일

여호와는 마음이 상한 자를 가까이 하신다.
인생에는 시련의 터널이 있다.
누구나 구조적이고 개인적인 시련에 닥쳤을 때
마음이 상하게 되고 삶의 의욕을 상실하게 된다.
그러나 고난에는 섭리가 있다.
믿음을 갖고 고난의 뜻을 헤아리는 사람에게는
출구가 있다.
하나님은 인간의 시련과 고난을 통해
당신의 뜻을 계시하신다.
그래서 시편 기자는 "여호와는 마음이 상한 자에게
가까이 하시고 중심에 통회하는 자를 구원하시는 도다"
고 찬양 했다.
그 분의 뜻을 헤아리며 희망을 갖고 사는 사람에게는
고난도 은총으로 가는 레일이 되리라.

새해 소망

꿈을 향한 바램으로
붉게 떠오르는 태양을 보면
어릴 적 초등학교 운동회 날
기대 반 두려움 반으로
달리기 라인에 선 아이처럼 설렘으로 가득하다.
천금보다 귀한 은총의 선물로
하루하루 삼백육십오장 도화지를 누구에게나
골고루 받았는데 그 위에 어떤 그림을 그릴까?
정열로 불태우는 사랑도 그리고 싶고
꿈꾸는 청년처럼 도전하는 그림도 그리고 싶고
살아온 발자취 그림자도 그리고 싶다
그러나
내 나이 벌써!
뉘엿뉘엿 석양을 향해 내려가는데
무엇보다도
고운 노을 속에다 영혼의 찬란한 무지개를
울렁이는 마음으로 가장 아름답게 그려야지

야화(野花)

어제 밤
휘 몰아치는
폭풍 우
지나간
그 자리
흙탕물
뒤범벅 된
노오란 꽃님 네
힘겹게
얼굴 내밀고
보르르 털며
일어나고 있다

어느 호박 이야기

두엄더미 옆에 낯선 손님 어디서 왔을까?
연초록 뽀송한 떡잎 내밀고 인사 하더니
몇 날 지나 보았을 때
꿈을 위한 열정이 놀랍다
긴 더듬이 수염 앞세우고
거침없이 온 밭을 휘 젓고 다니며
자리를 잡는 호박 넝쿨
나무에 닿으면 나무위에
풀밭을 만나면 풀밭에다
초원 만들기에 바쁘다
무엇을 위해 저리도 애쓸까
얼마 후 도전의 비밀을 알았다
자리 잡은 줄기 마다 꽃을 피우더니
덩실한 수십 개 호박으로
온 밭을 노랗게 채우고
그토록 품어대던 어미 젖줄
꿈을 다 이루고
생을 마감하는 모습이 경이롭다

어둠 헤치고

둥지를 박차고 도둑처럼 까치발로 살며시
현관을 나오면 어둠속에 가로등도 피곤해 졸고
새벽바람도 친구를 잃고 서성인데
적막이 흐르는 고요한 시간
빠른 걸음으로 거친 숨을 내 쉬며
깊은 수양의 시간은 되지 못할지라도
창조주와 은밀한 대화 마음껏 부르짖고 애원할 때
새날의 첫 선물로 평화를 주신다.
어둠 헤치며 가파른 산 정상 정복 할 때
새벽마다 도전의 쾌감 느끼고
철따라 바뀐 자연 나무 한 잎 풀 한포기
뒹구는 낙엽, 소복이 눈 덮인 산야
철학 교수가 되어 수많은 가르침 가슴에 파고든다.
동녘하늘 어둠 거치고 온 세상 밝아 오는 순간
소망으로 새날을 창조주와 생명의
찬미를 함께 부르며 한 마리 새가 되어 날아간다

들풀

싱그럽고 푸르름도 한때
어느새, 퇴색 옷 갈아입고 앙상하게
긴 겨울 앞에 선다.
눈이 오면 눈을 맞으며
고요와 침묵 속에 빠졌고
바람 불면 바람 따라
이리 흔들 저리 비뚤
중심을 가루지 못하고
내내 서서 새봄 기다렸지
생명의 풀잎
내 몸 뚫고 솟아오를 때
기다림에 지쳤는지 감회에 젖었는지
맥없이 주저앉아 흐느끼고 있구나.
그 에게 모든 자리 내어 주고
그를 위해 썩어 흔적 없이
밑거름 되어 주는 그 모습 참 아름답구나.

오늘

지금 이 순간 그 곳이 꽃방석
지나간 어제 붙잡혀
한 탄하고 괴로워한 들
무엇이 좋아 지나요
내일 만 바라보며 기다리면
무슨 소용 있나요
내일은 언제나 내일
오늘 이 순간을 가슴에 안고
밝은 햇살도
나뭇잎 흔드는 바람결도
감사로 기쁨으로 맞아 보세요,
거기에 평안이 있고
영원한 행복도 찾아 올 테니

구름 저 너머에
푸른 하늘이 있다

운외창천(雲外蒼天)

먹구름이 맑고 밝은 창공을 가려서
신음하고 있다.
회오리바람아 저 구름 날려버리고
광활하게 펼쳐진 하늘을 만나자

사랑도 기쁨도 숨어 버리고
상처의 응어리만 울부짖는데
용서와 관용으로
어두운 그림자를 다 거둬 버려라!
구름으로 보이지 않던 밝은 태양이
미소 지으며 기다리고 있다.

해방의 참 기쁨을 한 아름 안고
자유로 감격 하여라.
억매인 사슬에서 탈출 하면
장엄한 태양 마음속에서 솟아오른다.
구름 저 너머에 푸른 하늘이 있다.
꿈의 동산으로 소풍가지 않겠니?

손

몽둥이에 얻어맞아
엄지손톱 새까맣게 멍이 들고
손 등은 찢어져 서러운 피를 토해내는
모습이 애처롭다
수많은 지체 중에 가장 선봉에 나서서
온갖 궂은 일 위험한 일 하면서
얻어맞고 배이고 찔리고
상처로 패인 자국이
개선장군의 훈장만큼이나
기구한 사연 많은데
항변이나 내색은커녕 동여 맨 손으로도
무엇을 해보기 위해서 버둥대며 애쓰는
헌신 노력이
장애 입은 자식 키우는
어머니만큼이나 경이롭다

행복의 날개 짓

27년 만에 찾아온 혹독한 추위
살을 애 이는 듯 한 칼바람
콧김이 머리카락에 서려 주렁주렁 매달리고
눈은 쌓여 발등을 덮고
고요와 적막이 흐르는 새벽
떠밀지도 시키지도 않은데
어둠을 헤치고 험한 길을 가는 것은
행복을 느낄 줄 아는 도전자의 몸 짓 이다.

바라고 원하는 것은 행하는 자들에게 만 오는 것
황혼이 깃들었다고 상심치 말고
젊음이 있다고 방심하지 말라
성취의 욕망을 품고 새벽을 깨워
겨울 산 정상을 숨 가피 올라 가보라
정열이 약동하는 심장의 더운피 내 품는 소리 들리고
청춘의 새가 날개를 펴고 훨훨 날아 올 것이다.

캠프파이어

미국 물을 먹다가 오랜만에 부모 손잡고
잠깐 귀국한 네 놈의 녀석들과 한국에 있는 세 놈들이
한 곳에 모이니 집안이 들썩 거린다
이놈들에게 꿈을 심어줄 이벤트가 무엇이 있을까?
캠프파이어!
녀석들 모르게 철사 줄을 30미터 정도 떨어져 있는
높은 나무에 휘청거리는 긴 사다리를 기대고
마음 조리며 타고 올라가 묶고 장작 쌓아 놓은데 묶고 석
유를 흠뻑 적신 솜뭉치 다섯 개를 만들어 놓고
장작에 석유를 뿌려 놓으니 준비 완료
밤이 어두울 때를 기다려 전체 녀석들과 가족들을 불러
장작 주위에 둘러 새우고
사다리 타고 나무 꼭대기에 올라가 준비 해 놓은
솜뭉치에 불을 붙이니 철사 줄을 타고 내려간 불을 보면서
야~ 함성이 터져 나온다.
함성도 잠깐,
잘 내려가다가 장작불에 도달하기 50센티 전에

불붙은 솜뭉치가 땅바닥에 달아 더 이상 가지 못하고
철사 줄이 끊어져 버려 수동으로 장작불에 옮겼으니
캠프파이어는 60%
가슴 칠 캠프파이였다
다시 철사 줄을 연결해서 준비 해놓은 네 개를
마저 하자니 불가능한 상황이고 70 할아버지
채면이 말이 아니다
할아버지 이벤트는 이렇게 실패로 끝났지만
손자들!
큰 꿈을 활짝 펴라
이 할아버지도 꿈 많은 청년 할아버지였음을 기억해 다오
꿈은 행복한 것이라고 항상 마음에 간직해 다오.

파도

끝없이 펼쳐진 푸른 바다에서
무엇을 위한 몸부림인가
더 크게 목이 터져라
소리 쳐보다가 숨어 버리고
높이, 높이
성을 쌓다가 스스로 무너뜨리고
날개 짓을 하며 날아 보려고
수없이 발버둥 치다가
날지 못하고 기진맥진하고
좀 더 쌓기 위해서 좀 더 날아 보려고
좀 더 큰 소리를 쳐 보다가
온 바다를 휘 저으며 오더니
순식간에 다 닳아
쓰리고 아픈 흔적 쓰다듬고 있구나.

시카고대학 교정에서

석학들이 즐비하게 배출되고
노벨상으로 명성이 높다는 시카고대학
드넓은 잔디 광장에서 아내와 같이 뒹굴며
이국땅의 정취를 한껏 느낀다.

평화로이 잔디밭에 배를 깔고 책을 보는 젊은이들
두툼한 책을 끼고 분주하게 움직이는 노 교수들
생동감이 넘실대는 전당의 물결이다
저들 속에 세계를 움직일 학도들이 있겠지!

씻겨진 세월을 말해주는 고풍으로 단장된 건물들
역사와 전통이 가슴으로 전해져 온다.

청춘을 요동치게 하는 초록빛 광장 위에서
내 가버린 세월이 못내 아쉬워
꿈 하나 꾸느라 시간이 모자라다

서각의 노래

시 퍼런 칼끝으로 너를 새긴다.

살아서 천년.
새 찬 비바람도 꿋꿋이 이겨내며
장엄하게 위상을 뽐내더니

죽어서 천년.
꿈을 안고 그 웅장함을 다 벗어 던지고
깨끗이 단장하여 속살로 내 곁에 찾아 왔네.

영혼을 노래하고파 생명을 말하고 싶어
강산을 이야기하며 살고 싶다고
꿈을 만들기 위해
기나긴 밤 잠 못 이루게 했던
개구쟁이
수천수만 번 매를 맞고도
연지 곤지 곱게 발라 새색시가 되니
천년을 같이 살자고 빙그레 웃음 짓는 너는
나의 영원한 동반자

희망을 보아라!

청춘들이여!
새벽 산에 올라라
푸른 산 정열로 온 눈 가려져
숲만 보이더니
단풍 들고 낙엽 지니
앙상한 가지 사이로
동쪽 하늘 먼 나라 황홀한 광체 되어
찬란한 생명으로
솟아오르는 저 태양 보이지 않는가?

고난 받는 자들이여!
새벽 산에 올라라
통 틀 무렵 어두움은 더 짙어
칠흑 같지만
곧 지평선 너머 먼 나라에
숨에 있던 붉은 띠 속에서 박차고
화산이 되어 터져 오르는
저 태양 보이지 않는가?

윌로우크릭교회

광활한 초원 위에 펼쳐진
교회의 전경을 바라보며
한 참이나 들어와 내리니
예비한 신부를 맞이하듯
천사의 미소를 지으며
천국을 안내 하느라 분주하다.
웅장한 내부시설은 편리함 그 자체였고
예배당에 들어오는 순간
감동의 물결이 하늘을 찌른다.
어느 파티 자리가 이보다 더하랴
각양각색으로 연출된 조명과
스크린이 압도 했고
무대 진행 자 들과 온 회중 들이 하나 되어
찬양하는 물결이 심령의 메아리가 되어
하늘 높이 울려 퍼진다.
얼마나 많은 준비를 했을까?
잔잔한 음악의 선율 속에 드리는 회중 기도는

하늘 보좌를 움직이는 기도가 된듯하였다.
헌금시간에 광고를 하고
평상복으로 단에 나와 귀에 붙인 마이크를 달고
강대상은 조그만 하여 잘 보이지 않았고
자유자제로 움직이며 설교하는 모습
처음 교회 나와 예배드리는 이 들이 전혀
거부 반응이 없도록 잘 짜여 진
한편의 공연을 감상하며 드리는 예배
이 시대에 필요한 하나의 교회임이 분명하다.
예술의 부분을 접목 시켜
지친 영혼 방황하는 심령에게 하늘의 신비함을
맛보게 하는 새로운 형태의 교회
윌로우크릭 교회
예배와 예술을 접목 시킨 대표적인 교회였다.

예수 믿는 사람 손들어 !

6.25 사변,
평화롭던 땅에 북한군이 남침하여
피 비린내 나는 전쟁을 치러 비참한 인명 피해와
재산이 소멸 되고 부모 형제를 잃은
고아 들이 곳곳에 헤 메이고 암흑 속에
형용 할 수 없는 지옥의 광경으로 변했다.
이 참혹한 시기에 남쪽 끝까지 북한군에 점령되어
불안 공포 속에 있을 때 아군들의 공세로 인하여
북한군이 밀려나기 시작한다는 소식을 듣고
우리 어촌 마을은 이제 살았구나 하면서
흥분을 감추지 못하고 만세를 부르고 기뻐하는 중에
북한군 들이 철수를 하면서 총과 죽창으로 무장하고
이 마을에 들어 왔으니
공포 분위기가 이루 말할 수 없었다.
북한군 들은 미치광이들처럼 젊은이들
주동자들을 찾아 창칼로 찔러 잔인하게 죽이고 하는
비참한 광경 속에서 또 죽일 대상을 찾기 위해

온 마을 사람들을 바다 공터로 불러 모은다.
어떤 사람을 죽이려고 할까 공포와 불안 속에 떨며
온 마을 사람들 쭈그리고 앉아 숨소리도 못 내고
덜덜덜 떨고 있는데 북한군들 빙 둘러 감시하고 있고
그 중에 북한군 간부가 큰 소리를 지르면서
내가 하는 말을 잘 들어라!
전부 고개 숙이고 눈 감아!
여기 예수 믿는 사람 손들어라!
예수쟁이들 손들란 말이야!
여기에는 평생 교회 다니는 사람들도 많고
직분 받은 자들도 많았다
이곳에는 16세 된 갓 소녀티를 벗은
주일학교 반사도 있었다.
전부 공포 에 질려 덜덜덜 떨고 있는데
이 16세 처녀, 가만히 눈을 뜨고 보니 한 사람도
손을 든 사람이 없었다.
가슴이 요동치고 떨린다.

네가 나를 부인하면 나도 너를 부인 하리라.
하는 말씀이 떠올라 견딜 수 없어서
나는 여기서 죽더라도 손을 들자, 하고 손을 들었더니
주위에서는 웅성웅성 소리가 난다.
저 은심이는 이제 죽었다.
왜 손드는 거야, 왜 들어, 하는데
또 북한군 소리를 지른다. 저애 말고 예수쟁이 없어!
이미 정보를 받고 예수 믿는 사람이 많이 있다는
것을 알고 있는 북한군 간부 뜻 밖에 소리를 지른다,
예수를 믿으려면 저 애처럼 믿으라고 하면서
이제 나오라고 해서 처형당할 줄 알았는데
오히려 칭찬을 받고 그 날은 피해를 당하지 않고
그 무렵 100호 정도 되는 마을에서 149명이 피살을 당하고
그중에 교인이 23명이 희생을 당했으나
손을 들었던 그의 가족 피해는 전혀 없었으니
놀라운 일이 아닐 수 없다.

10남매의 장녀였던 그는 어머니의 진실한 신앙을 본받아
하나님의 뜻을 생명으로 알고 살아오면서 바르게 이행을 해
온 형제들이 목사 장로 권사의 가정으로 교회에 헌신하는
신앙가족을 이루었으며 자식 4남매가 목사의 가정이 되었
고
그의 어머니 자손들 중에 목사가정이 14가정이 되었으니
신앙의 힘은 참으로 놀랍기만 하다.
네가 나를 시인하면 나도 너를 시인하리라.
하나님은 지금도 우리를 감찰하고 계십니다.

빈들

텅 빈 들판 숫한 사연 실고 떠나간
임들의 애달픈 노래 적막 속에 묻혀 버렸네.

초록빛 넘실넘실
온갖 멋 자랑에 지칠 줄 모르고
솟아오르던 그 정열도 순식간에
기진맥진하여 흐느낀다.
논두렁 밭두렁 찾아다니며
우쭐우쭐 목청껏 노래꾼 들
속삭이던 사랑의 메아리 들
어디서 그 추억 보듬고 애달아할까

싱그러움도 한 때 라고
빈들이 가슴을 두드린다.
힘차게 솟아오를 때 주저앉지 말고
한 아름 안을 때 허송하지 말고
빈들을 생각하며 날개를 펴라
내일이면 황혼을 질주 할테니!

MARANATHA
마라나타
예수 사랑
부활생명
구하고 찾고 두드리고
기쁨
일어나라 빛을 발하라
에벤 에셀

5부

부 록

청농 공방에서

황 주 경

청농이 세우는 말씀의 동산에는
글들도 얼싸안고 사랑을 한다
누어있던 글들이 일어나
팔을 끼고 서로 지탱하며
의미를 만든다.

청농의 손에서 썩어질 것들이
썩어짐 앞에서 옷을 입고
각자의 뜻을 이루며
세상 밖으로 뛰어나와
글의 형체 속에서
영혼이 되어 꿈틀 대네

청농의 마당에는
누어있는 글들이 얼싸안고
작은 의미 속에서
큰 세상을 만들며
솔잎처럼 야금야금 하늘을 오른다.

그 사람

김 재 철

고구마 삭둑 잘라 글씨 새겨
도장이라며 손등에 찍어 주던
그 사람
가난 이기자며
나중에 복길 땅 다 사불자고
약속하더니 만
복길 땅은
한 평도 안 사고
전국에다 고구마에
도장 새기던 손으로
전국 땅 모든 곳에
주님 말씀 다 새기어
복음으로 땅을 넓혔으니
당신은 진정
큰 꿈을 이룬 하나님의 사람입니다.
못 생긴 나무는 오늘도 산을 지킵니다.
형님 크게 경하 드립니다.

※전국장로대회 때 말씀작품전시를 겸한 행사에 동생의 글 (2017. 8)

딸의 글

달란트 비유 이야기 중 열 달란트를 받은 충성된 종의
이야기를 접할 때 마다 특별히 생각나는 이가 있습니다.
가난한 어부의 아들, 열 남매 중 여섯째로 태어나
줄이라 하면 노년에 눈까지 머신 가운데에서도
찬양과 기도로 사셨던 신앙의 어머니,
빽이라고 하면 당신의 한 평생을 함께 해 주신
우리 주 하나님 아버지 셨 던 울 아부지.
일찍이 뜻한바가 있으셔서 젊으신 나이부터
하나님 말씀을 나무에 돌에 흙에 새기며
한 평생 살아오신 친정아버지가 예술가로는 처음으로
그것도 말도 많고 탈도 많을 수 있는 선거 과정이 아닌
제비뽑기와 옹립의 방식으로
기장 전국장로회연합회 회장이 되셨습니다.
일흔의 나이가 무색하게 일 년에 한번 있는 제일 큰 행사인
전국장로대회를 위해 밤낮없이 작업하시어 말씀 한땀 한땀
새기고 칠하고 붙이고 여러 모양으로 수고 하고 애쓰셔서
전체 행사와 예배와 전시회까지 치루어 감동을 주셨는데
이 열정은 도대체 어디서부터 나오는 것인지 얼마나 열심히
작업 하셨을지 가름조차 할 수가 없네요.

함께 했으면 좋았을 자리에 멀리 나와 있는 딸은 사진으로
라마 뒤 늦게 은혜잔치자리의 감동을 함께 나눕니다.

아버지의 그 시절 조그마한 개인 작업실에서 기독교방송
라디오를 들으시며 하루 종일 묵묵히 작업에 몰두 하시던
무명의 예술가, 교회의 분열로 어려움을 격고 나온 작은 상가
교회에서 1인 장로로 성실히 섬기시던 장로님 하나님의
삶을 통해 하나님께서는 라일강에 버려진 이스라엘의 작은
이 들을 이스라엘을 출애굽 시키는 지도자로 삼으심을 건축
자의
버린 돌로 모퉁이의 머릿돌을 세우시는 분이심을 고백하며
오늘도 하나님을 찬양합니다. 할렐루야!!

물 만난 물고기처럼

언제나 출발 라인에 서서 "탕" 하는 소리와 함께 달려가는 마라톤 선수처럼 오늘 여기까지 한길을 달려온 사람. 서각을 시작하면서부터 그의 많은 시간들이 오직 글씨를 통하여 만들어질 작품 구상이다.

신앙인인 그에게는 하나님의 말씀인 글씨로 어떤 모양이로든 멋진 작품이 되어 많은 사람들에게 보여 지고 읽혀지고 마음에 감동을 주는 메시지로 증거 하게 된다는 어떤 사명감으로 다가온 것이다.

좋은 작품들을 구상하고 제작하기 위하여 끊임없이 연구하고 도전하고 열심을 다하고 배움을 게으르지 않고 살아온 사람.

그는 항상 자기가 하는 일을 즐기며 언제나 최선을 다하며 산다. 그리고 늘 행복해 하며 산다. 또 호기심도 많다. 정도 많은 사람이다. 아주 어린아이 같을 때가 있다. 그리고 언제나 청년으로 살고 싶어 한다. 그 동안 많은 세월 열악한 환경과 조건 속에서도 한 가지 일에 버텨온 것은 꺾을 수 없는 그에 강한 의지와 집념과 서각을 사랑하는 고집스러움이다. 전통서각을 시작으로 현대서예, 현대서각, 문자조형, 조형물 수많은 시행착오를 거치면서 오늘에 이르렀다.

그러나 아직도 세상에 잘 알려지지 않은 낯선 작품세계에 빠져 고독한 작가의 길을 가고 있다. 한때는 돌 조각을 배우기 위해 먼 익산까지 다니면서 돌 조각을 배우고 작품도 만들어내고… 자연과 더불어 순수한 어릴 적 마음의 고향 같은 또는 말씀으로 본향을 꿈꾸는 작품들을 만들어내고 있다. 지금은 자리 넓은 곳에 와서 그야말로 물고기가 물을 만난 것 같이 흙 작업에 까지 푹 빠져 있다. 흙 작품은 과정이 너무 힘들다. 작품을 만들어서 가마에 10시간이상 구워 냈을 때 나오는 색감이 얼마나 중요한지 정말 어려운 작업이다.

말릴 수 없는 사람. 지칠 줄 모르는 사람.

지금 이 추위에도 새벽이면 어김없이 산에 오르는 강인한 사람.

그는 자기와의 싸움에서 결코 질수 없는 사람이다.

이것이 오랫동안 함께 부디기며 살아오면서 가까이서 보아온 부잡스런 내 남편 청농 김재길 장로이다. 이제 그동안의 남편의 삶의 흔적들을 그 어느 전시 때보다도 아주 두렵고 겸손하게 많은 분들 앞에 감히 내보이려 합니다.

어떤 글씨의 형태라도 문자 조형으로써 나무든, 돌이든, 흙이든, 작품으로써의 무한한 가치와 진가가 보는 이들의 마음에 전해지기를 바라면서 글을 놓으려 합니다.

작가아내 (2005 전시도록 서문에서)

시평
자연심상과 신앙심취의 언어미학

김재길 시집 꿈꾸는 청년 시세계

오 동 춘 (문학박사 · 짚신문학회 회장)

청농 김재길 시인은 1947년 전남 무안 출신이다.

청농은 문예사조 2011년 2.3월호 합병호에 〈품안〉, 〈서각의 노래〉, 〈해송〉 세 편이고 김창직(1930~2012)과 송골(松骨)에게 추천을 받고 시단에 올랐다. 홍익대미술대학원을 수료하고 한국서각협회 고문, 대한민국서예대전 초대작가 심사위원, 대한민국서각대전 초대작가 · 심사위원장, 국가중요무형문화재 제16호 이수자로 서예, 서각분야에도 크게 활동했다.

그동안 개인전시회를 아홉 번째로 열었는데 지난해는 전국장로회 전국연합회 회장 직을 하면서 작품전시회를 강원도 횡성에서 전국장로대회와 겸해서 개최하여 1300여 명의 장로회원들에게 감동을 선사한바 있다.

문학 활동은 한국문인협회 회원, 짚신문학회 이사, 한국장로문인회 이사, 문예사조문인협회 회원으로 작품을 발표했다. 고희기념으로 첫 시집을 이 가을에 상재하게 된다.

2018년 무술년 가을에 청농은 그간 써 온 100여 편 시작품을 〈꿈꾸는 청년〉이란 제목으로 첫 시집을 상재하려 한다. 청농의 시세계를 살펴보기로 한다.

1.신앙시상에서 잉태된 시의 미적 가치

독일의 릴케(1875~1926)는 시는 체험이라 했다 영국의 낭만파 시인 워즈워드(1770~1850) 시는 힘찬 자연적 감정의 발로로 말했다. 청농은 젊어서부터 몸에 밴 신앙 체험에서 자연히 신앙시를 많이 창작할 수밖에 없다. 신앙에 심취된 그의 신앙 시 몇 편을 살펴보겠다.

골고다 언덕 위 십자가에서
두 손 두 발에 못 박는 소리
쾅, 쾅, 쾅,
엘리엘리라마사박다니
내가 목마르다.
신음하시는 주님의 음성이
메아리쳐 들려온다.

그 고통 그 저주를 받으시며
온 몸 아낌없이
나를 위해 내어 주신 주님
가슴 움켜 안고 감격의 눈물이
폭포수가 되어 흘러도 부족한데
굳어져 있는 이 마음
어떻게 하나요.

주여!
깨어나게 하소서

살아나게 하소서
그 뜨거운 핏방울이
이 심장에 배어들어
세상에 가장 귀한
선물을 받은 자
벅찬 감격으로
평화와 사랑을
만들어 가게 하소서
-〈가장 귀한 선물〉 전문-

청농은 위의 시에서
예수 그리스도가 우리에게 주어진 가장 귀한 선물로 성경적 사실을 시로 엮었다. 예수는 사도신경에 나오는 것처럼 유대인들의 고발로 본디오 빌라도에게 고난을 받고 십자가 형틀에서 숨졌다 숨지기 전에 부르짖은 소리가 "엘리엘리 라마사박다니"이다. 번역하면 "나의 하나님 나의 하나님 어찌하여 나를 버리셨나이까" 하나님의 예정대로 예수는 십자가에 못 박혀 인류의 죄를 대속 했고 3일 만에 다시 사는 부활 승리를 이뤘다. 십자가는 소망 정의 승리 고통의 상징이다. 예수는 자기를 따르려거든 제 십자가를 등에 지고 나를 따르라고 했다. 예수가 걸어 간 십자가의 길을 따르는 믿음이 귀한 믿음이요, 귀한 믿음을 가진 자가 만백성에게 예수 그리스도를 가슴에 영접하게 하는 일은 이 세상에서 가장 귀한 선물을 받은 사람들이 해야 할 일이다. 청농은 믿음으로 받은 선물, 이미 조각으로 만든 작품을 통해 예수 그리스도를 위해 충성 봉사하고 있다. 모든 독자가 예수 그리스도는 십자가에서 죽었으나 다시 살아난 예수를 믿는 것 구원의 감격으로 살아가는 것이 가장 귀한 선물임을 청농은 독자의 가

슴에 일깨워 주고 있다. 전도 목적으로 쓴 목적시이나 시의 미적 가치를 갖춘 작품이다

〈눈물의 찬송〉 작품은 10남매 중에 맏아들이 안 믿는 아들이라 집나간 탕자처럼 생각했는데 예수를 믿겠다고, 신앙고백을 하니 집안이 지상천국이 되어 가족이 눈물의 찬송을 불렀다는 감동적인 신앙시 작품이다 〈지체 장애우〉작품은 통닭구이 닭살 한 점 뜯어 먹겠다고 안 깐 힘을 쓰는 장애우의 삶의 의지가 미적 가치를 보여 준다. 〈새벽산기도〉에서 /새벽 둥지는/생명을 살리는 영혼의 호흡처이다/로 시를 창작한 청농은 새벽산기도를 통하여 예수의 사랑을 피부로 깊이 느끼고 있다 〈부활의 아침〉 작품은 /아, 부활의 아침/꽃에 덮힌 십자가 향기 진동하고/온천지 승리의 함성으로/메아리친다./로 읊어 부활의 승리가 기독교의 한 진리임을 잘 보여 준다.

청농은 신앙 시에서 소박 진실하게 작품을 엮어 신앙 시로서의 무게와 미적 가치가 높은 작품을 아름답게 창작한 것이다.

청농 스스로의 신앙심과 전도 이미지를 잘 부각시킨 것이다.

청농 전시 조각 작품에서"내가 주께 감사 하옴은 나를 지으심이 신묘막측 하심이라 시편 139:14"감사의 이미지를 부각시켰는데 이와 같이 주께 감사하는 마음으로 청농은 바울처럼 전도의 사명을 띠고 기쁘게 성령 충만하게 신앙시를 창작하여 믿는 독자의 가슴을 뜨겁게 수놓고 있다.

2. 소망 적 삶의 추구와 강인한 의지의 주제의식

시편 119편 71절에 "고난당하는 것이 내게 유익이라 이로 인하여 내가 주의 율례를 배우게 되었나이다"로 고난의 가치를 말하고 있다. 서정주는 〈국화옆에서〉의 시에서 한 송이 국화꽃 피는데도 간밤에 무서리가 저리 많이 내렸다고 노래했다. 한 사람 소리꾼이 되

는 데도 수많은 고난의 길을 겪는다. 구약성경에 나오는 욥의 고난이 결국 영광의 유익이 되지 않았던가 청농은 조각작품 하나 낳는데 그 제작 과정에 손이 겪는 고난의 역경을 〈조각가의 손〉의 시에 노래한 것이다.

몽둥이에 얻어맞아
엄지손톱 새까맣게 멍이 들고
손등은 찢어져
서러운 피를 토해내는
모습이 애처롭다
수많은 지체 중에 가장 선봉에 나서서
온갖 궂은 일 위험한 일 하면서
얻어맞고 베이고 찢기고
상처로 패인 자국이
개선장군의 훈장만큼이나
기구한 사연 많은데
항변이나 내색은커녕
동여 맨 손으로도
무엇을 해 보기 위해
버둥대며 애쓰는 헌신 노력이
장애 입은 자식 키우는
어머니만큼이나 경이롭다
-〈조각가의 손〉 전문-

위 시는 단 연체의 시 형태를 보이나, 조각가의 손이 애처롭다의 한연과 경이롭다의 한 연으로 나누어 볼 수 있다. 조각가의 체험이

바탕이 되어 창작된 조각 제작의 고난을 잘 밝혔다.

많은 청농의 조각작품이 손이 베이고, 찢기고 하여 제작되는 고난의 이미지가 사실적으로 잘 승화된 작품이다. 조각가로 험난한 제작과정이 고난 가운데 만들어진다는 청농의 자기고백이 아닐 수 없다.

로뎅의 조각작품 〈생각하는 사람〉이나 미켈란제로의 로미교황청의 〈천지창조〉그림은 엄청난 고통의 산고 끝에 그런 명작이 완성 되었으리라 믿어진다. 조각 작품의 제작 중에 작가의 인내와 희생도 크다는 내용을 시에서 느끼게 된다. 적절한 비유로 쓴 〈조각가의 손〉이 시의 미적 가치가 높고 감동을 주는 작품이다. 시 한편도 언어절제와 형태의 압축, 함축미와 운율이 매끈한 창작시가 되는 정신적 고뇌는 아기를 하나 낳는 산고의 고통보다 더욱 심한 고통을 겪는 것으로 평론가들이 말하고 있다 쉽게 오는 것은 쉽게 가는 상식을 잘 뒷받침하는 작품이 〈조각가의 손〉이다 느낌이 절절한 시이다.

사람은 높고 푸른 꿈을 품고 세워 둔 인생의 설계도대로 살아가야 한다. 청농 시집 제목이 되는 작품〈꿈 꾸는 청년〉을 살펴보자.

> 꿈을 품고 산다는 것은
> 생명의 원동력이다
> 부푼 가슴 설렌 마음으로
> 보람 있는 일에 도전해 보는 것
> 청년의 원천이다
>
> 아침에 정열적으로
> 솟아오르는 태양도
> 희망차고 아름답지만
> 저녁에 지는 석양의 노을도

얼마나 곱고 아름답게
본향을 향해 가는가

죽음이 끝이 아니고
새로운 삶이
시작이라는 것을 알면
보람을 향해 열정을 쏟아야 한다
아늑한 소망의 항구에
잘 도달할 수 있도록
오늘도 뛰고 내일도 뛰자
꿈꾸는 청년은 언제나 행복하다
-〈꿈꾸는 청년〉 전문

청년은 나라의 보배이다. 도산 안창호(1878~1938)는 "낙망은 청년의 죽음이요, 청년이 죽으면 민족이 죽는다"라는 말씀을 남겼다 모름지기 청년은 원대한 꿈을 품고 오늘도 내일도 뛰고 달려가야 할 것이다. 청춘은 어느 시기를 말하는 것이 아니고 마음가짐을 말한다. 젊어도 늙은이가 있고 늙은이도 젊게 사는 젊은이가 있다. 청년은 용기, 신념, 다부진 의지, 풍부한 상상력, 타오른 열정이 있어야 한다. 소망의 항구에 도달하려면 끝없는 도전과 푸른 열정이 필요할 것이다. 청농은 나라의 보배로 미래의 꿈나무이므로 청년에게 희망과 삶의 용기를 주기 위해 〈꿈꾸는 청년〉을 적절한 비유로 내용과 사상이 잘 조화되게 쓴 것이다. 이 나라 겨레사랑 인류사랑의 원대한 꿈, 삶의 뼈 삶을 갖도록 시작품으로 교훈적 경고를 주고 있다. 우리는 청년을 나라의 보배로 잘 길러야 하겠다. 청농은 민태원의 청춘예찬과 상통하는 시를 창작했다. 〈등대〉의 시작품에서 등대는 성난 파도에 시달리나 바다의 어둠을 밝혀 뱃길을 인도하는 보람찬 자기소임을 잘 감당하고 있다. 청농 자신도 등대 같은 사회인물이 되길 동경하고 있다. 청농은 〈가로등〉에서 가로등은 방황하는 아들기도의 어머니와 임 기다리는 아내에 비유하여 기다림의 정서를 잘 승화시켜 시를 창작했다. 전통적인 우리의 기다림의 정서는 고려가요 〈가시리〉나 소월의 〈진달래꽃〉에 이미지도 선명하게 미적 가치를 발휘하고 있다.

3. 계절감각의 언어미화와 역사의식 및 어머니 사랑

시의 소재는 자연과 사람일이다. 청농은 운율적으로 순환하는 4계절의 감각적 이미지를 미화시키고 남북통일 염원의 역사의식, 그리고 극진한 어머니 사랑에 대해 활발한 청농의 시 창작 모습을 보게 된다.

남은 건 하나 없이
벌거벗은 몸으로
긴긴 겨울 애처로이 서서
오돌오돌 떨던 저네들이
따스한 기운이 적시니
온 산야 경사 났다고 아우성이네

첫날밤 맞은 신랑 신부 구경하느라
봉창에 구멍 뚫고 처녀 총각들
연홍빛으로 달아 오른 상기된 얼굴
가지마다 틈 사이로 형형색색
세상 구경 나오는 그네들 모습 보니

철 지난 이내 가슴 때간 줄도 모르고
덩달아 설레인다
-〈봄 나무〉 전문-

〈봄 나무〉는 젊고 푸른 희망의 상징이다. 봄을 맞이하여 신비롭게 피는 나무 잎사귀를 두고 신비로운 그 분위기를 시골 신랑 신부 첫날밤이 신기하여 호기심으로 봉창 뚫어 처녀 총각이 보는 호기심에 비유했다. 희망의 봄을 맞아 신비롭게 잎 피는 봄 나무의 신비롭고, 젊은 매력에 끌리는 이미지가 산뜻한 비유로 봄 나무에 정감이 가게 엮은 작품이다. 이 밖에 밝은 봄 이미지로 잘 엮인 작품으로 이른 봄 꽃피는 〈매화〉를 비롯하여 〈영혼을 깨우는 소리〉, 〈봄의 향연〉, 〈잔디〉 등이 있다.

간밤에 온 산야를
새하얀 은색 옷으로 갈아입히고
바닥에도 지려 밟고 오라고
새하얀 양탄자로 깔아 놓고
잠 못 이루며 밤새 기다리던 신부가
신랑을 맞이하네.
고운님 맞으며 살포시 가슴 부여잡고
한 발자국 한 발자국 축제의 행진을 한다.

고요 적막이 흐르는 산행
산새도 깊은 잠에 빠져 기척이 없고
임을 찾아 헤매 이는지
이름 모를 짐승 발자국만 하나 둘 새기며

서산으로 향했네.

내일 새벽은 어떤 신부가 기다리려나
별님일까 달님일까
-〈새벽산행〉 전문-

새하얀 눈 내린 새벽 산행 분위기가 하얀 눈으로 양탄자 깔아 두고 신랑 기다리는 정서와 사상이 잘 조화를 이룬 짜임새 있는 작품이다. 한 폭의 동양화 같이 회화적 의미요소가 짙은 작품이다. 신랑 신부의 만남을 낭만적으로 이미지화 하여 새벽산행의 청신한 자연환경이 미적 감흥을 환기시켜 준다. 겨울 새벽 등산 분위기에 정화되는 마음이 아름답게 느껴지는 서정시의 미적 가치가 높은 작품이다. 시의 말미의 기다리는 임이 별님 달님으로 의인화 설의법 수사로 처리한 것도 높이 평가하지 않을 수 없다. 겨울 배경의 〈들풀〉시는 겨울에 나무 밑 둥이나 풀뿌리 밑에서 썩어 거름이 되는 봉사 희생의 주제의식을 보이는 작품이다. 소나무 뿌리로 〈벌거벗은 뿌리〉는 엄동설한 눈보라에 꽁꽁 얼어도 폭풍우에 만신창이가 되어, 소나무 몸체를 일념으로 살려야겠다는 소나무의 벌거벗은 뿌리의 희생 봉사정신이 미화되어 미적 감동이 깊게 일렁인다.

그때 등이 시리던 그 시절
아궁이에 불을 집혀
구들장에 따스함이 배이면
이불 깔고 잠잘 채비 하느라
십남매 야단법석이다
-〈부채꼴 사랑〉 일부-

10남매 자식들이 따스한 온돌방 아랫목에 어머니 발 어디에라도 닿게 자려고 다툼 벌이다가, 결국 자식들이 부채꼴 형태로 둥글게 누워 어머니 사랑의 그늘에 잠드는 인정 많고 사랑 많은 어머니 자화상 같은 작품이 구수하게 엮이어 있다. 어머니는 열 자식이 다 사랑스러운 것이다. 그 때문에 어머니 마음을 하늘이나 바다에 비유하여 어머니 노래를 부르는 것이 아닌가, 어머니의 사랑과 기도의 작품으로 〈우리 어매〉, 〈우리어매기도〉 작품이 있다. 〈품안〉작품은 암탉 품안의 행복한 병아리처럼 품안은 바로 사랑과 인정이 펄펄 끓는 어머니 품안을 연상하게 된다. 〈상봉하던 날〉은 부모와 자식간의 상봉으로 가족 의식이 끈끈하다. 〈시들지 않는 꽃〉은 고희를 맞은 아내 사랑의 축시로 부부간의 단란한 애정이 시로 미화되어 있다. 〈비단 이불〉도 가난했지만 비단 이불속의 부부 애정만은 뜨거웠던 추억을 미화시킨 작품이다. 〈고구마 추억〉과 〈빈들〉 작품은 비록 보리고개 넘는 가난 속에도 고구마 농사로 자식들 먹이고, 논두렁 밭두렁에서 흥겹게 노래하던 사람들의 추억이 어리는 농촌서정이 구수하게 느껴지는 작품이다. 〈한〉작품은 70년 남북 분단의 한을 승화시킨 작품이다. 하늘의 천둥 번개 먹구름이 서로 부딪쳐 싸우다 태양 앞에 화해하듯 〈화해〉 작품에서 남북 화해의 이미지를 부각시키며, 한이 풀리고 속히 통일 염원이 이뤄지길 바라는 시적 이미지가 강렬하다. 〈홍콩 아침바다〉는 홍콩 여행 체험에서 밝고 아름다운 바다가 조망 되었으나, 멀리 보인 빌딩숲이 바벨탑처럼 보여 현대인의 기술과 삶의 오만 행위에 경종을 울린다. 〈석양〉시의 서경적 미적 가치는 마음을 정화시켜 주며, 〈달 가듯이〉는 하늘의 고난 속에도 시간은 덧없이 흘러 서산에 숨어야 할 달의 허무한 시간의 고뇌를 시로 승화시켜 읊었다.

4. 맺는 말

청농 김재길 시인은 시인 서예가 조각가로서 예술적 재능이 훌륭한 장로 시인이다.

첫 시집으로 상재하는 〈꿈꾸는 청년〉 시집의 전반적인 시작품이 언어절제와 함축적 시어 구사로 은유 상징적 수사 기교와 함께 〈가장 귀한 선물〉, 〈눈물의 찬송〉, 〈꿈꾸는 청년〉, 〈조각가의 손〉, 〈부채꼴 사랑〉, 〈새벽 산행〉, 〈벌거벗은 뿌리〉 등의 걸작이 돋보였다. 몇 가지로 청농 김재길 시인 시세계를 요약해 보겠다.

첫째, 청농시의 소재 공간은 전도 효과를 이루는 주로 신앙공간이요 들, 나무, 풀, 하늘, 바다 등의 자연이 청농시 서정성과 함께 미적 가치를 드러냈다.

둘째, 일상어의 시어화로 언어배치가 잘 된 시는 사실적, 직설적 표현으로 시 읽기와 감상의 이해도가 쉽게 느껴졌다.

셋째, 계절감각의 정서적 시의 형상화와 긍정적 주제 의식과 삶의 의지가 내면 의식으로 승화된 알찬 작품이 많고 미적 가치가 높았다.

넷째, 어머니의 봉사와 희생정신 그리고 자식사랑과 소박한 농촌 추억의 그리움이 돋보이는 작품들이 인상적으로 수준 높게 감상 할 수 있었다.

다섯째, 끈끈한 가족의식과 부부애의 작품도 돋보였으며 분단 비극의 한 속에 통일 염원의 시정신이 건강하게 살아 있었다.

청농 김재길 시집

꿈꾸는 청년

2018年 10月 30日 초판 발행

저 자 | 김재길

발행처 ㈜이화문화출판사

등록번호 제 300-2015-92 호
주 소 서울시 종로구 인사동길 12, 310호
전 화 02-732-7091~3
F A X 02-725-5153
홈페이지 www.makebook.net

값 10,000원